流光似水

張俐雯◎著

張俐雯詩文集

穿越疾病的峽谷，
看見一個在水面禪坐的女子。

本書榮獲「行政院客家委員會」優良出版品贊助出版

自序

自大學起至今二十餘年，筆者涵泳筆耕的園地，享受文字的美感與芬芳。近幾年來，提筆寫作散文十六篇、詩作七篇，其中篇章大多通過文學獎的肯定。

流光如水，輕緩流瀉而難為人知；筆者深願舀起流水，日日洗滌自己，常常懷著新生的期待，因此命名為《流光似水》。

本身為客家子弟，因此書中〈清香印記〉、〈山城夢憶〉、〈經霜歲月〉、〈油桐花〉等篇，都是以客家山居為主題。另外，〈人間天堂〉、〈慈顏〉、〈一枚小田螺〉等篇，則是罹病後，面對生命本身為對象的種種嚴肅思考。

筆者感慨網路世代的淺語化，於是誠懇致力於文字經營；為突破當前的「去中心化」表現方式，重視本質真理的表達。所以，文中有傳統真善美價值意涵，而沒有無病呻吟的思維。因此，筆者珍惜詩與散文的尺寸篇幅，意圖賦予其深厚意蘊，藉以激勵自己並期盼與閱讀者分享。

書中之「客家書寫」結合「寂病書寫」的嶄新寫法，當能喚起讀者共鳴與重視；而筆者也能藉此一出版歷程，鼓舞自己記錄時代，在莽莽草原中守護小小文學火炬，持續往藝術的永恆顛簸前進。

感謝莊雅州教授、簡銘山書法大師、朝陽科技大學鍾任校長與志輝主任，還有前輩振維、德材、藍瑩、淑蘋諸位教授，在本書寫作期間給予的支持。本書承蒙行政院客委會審核通過，獲客家優良出版品補助，謹在此致謝。最後，本書謹獻給父母、公婆、外子俊睿教授與可愛的女兒筱安。

目次

散文

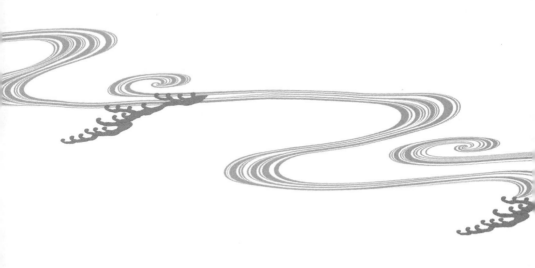

詩

散文

清香印記

公館山腰綠繡眼停佇的油桐花瓣群，徐徐吐出幽香。家中小宇宙裡，就著舊紙上的印床，你在刻印。掐著刻刀的咽喉，讓它吐出黯瘂的短訐。一刀一劃，指力適度地收吐推就，涼黃的巴林石上篆字在腕底自飽酣一一甦醒。

摩娑著手裡頑石，你遙想這是否來自大荒山無稽崖青埂峰下，那渴求愛戀的石頭？抑或是女媧補天剩下的棄石？歷史的流光浸潤著石質，自石器時代的粗鄙至瑩瑩溫潤，從火中取蓮到涼似古玉。

冷水煎熱，啜飲深山土地的甘冽。苗栗山城的風雨晴晦，皆在一脈水色中虛虛實實。年輕的時候，你汲汲營營世務，每天晚眠皆有千斤重心事重壓胸口。某日，你滔滔不絕的咽喉竟莫名腫起如山，繼而難噤難語。你疾如風行的步伐竟蝕骨般疼痛難以行走。你不行不言，內心則如煎熬於千度火窯。

歲月忽忽過去，油桐葉競長，風動鳥鳴。你起出印譜，細細觀覽，今日還想摹刻甲骨文的「清涼自在」，旁刻桐花含笑。現在且自顧自烙乾濕漉漉的夢痕，拋卻人們口唇的慈悲或指點，你需要專注。小小方寸的印材，收縮大千世界在有限當中，歷經風霜雨雪的鏤骨蝕髓，展開波紋與肌理。起初，自體免疫細胞攻擊你的氣管與四肢關節，猶如你管不住那奔馳放逸的心。隨著病程推衍，你心漸漸安住，一切諸想，隨念皆除。此瞬間，你遠離憂傷與恐懼，不為外緣驚動。兀然而坐，眾音已稀微，你以刀就石，中鋒而下，他人的輕易而你已汗水涔涔。

說也奇怪，你從前未曾注意過窗前的油桐樹。小時候，公館山腰徐墜的花海，是記憶扉頁的必然。午間吃上艾草糕、客家發粄也是尋常不過的家鄉味。病倒後，你的行事曆變成油桐的成長與花期紀錄，梅干菜與紅棗成為日思夜想的美食。粗木桌一角，罕見疾病「紅斑性狼瘡」、「氣管腫瘤」病歷證明，隨意放著。且忘卻那七號的氣切管與受光敏感刺痛不已的皮膚。你雖闇啞難語，呼吸困難，但你青紫的指頭還能衝刀，也能切刀；望著傘蓋的油桐綠樹，你的靈魂日復一日從凋萎衰老返還嬰孩。

戶外焦陽炙熱，你的房間清涼如霜雪。鎏金歲月華美的光澤，漸次沉澱於古樸自如的線條。你印石的筆劃何妨與邊框相連，又何妨四邊殘破不合，於張馳之間擁有獨立的面目。你的夢想是讓人們沿著油桐落花河，向你索一印，微笑而去，心道：「這方印，有意思……」

像雪白花瓣紛墜入土化成泥，又旋即滋養了油桐樹。你以刻刀鑿穿時空的界限，酣醉在無盡的大美中。你的印石無需刻邊款留下名字符號等心事，你是將自己都刻在石頭上了。

——第一屆桐花文學獎小品文獎，桐花文學獎作品集。

二〇一〇年十一月

山城夢憶

掀開電鍋蓋，蒸騰熱氣撲面而來，青綠色、乳白色菜包肥胖地躺在陶盤裡，糯米香滿溢在廚房。穿梭過記憶的弄堂，我彷彿看見清冷輕快的雨霧漫掩過大湖溪，大湖村的青春面目也愈來愈條分縷析起來。幼童小小身影，犬齒交錯在山拗之間，大湖市場的斜坡與新竹客運灰白座椅中。酣飽的鄉愁在陶盤中，恍如時光似水，流淌出甘美的汁液。

在家中嚴肅的父親不牽我們的小手，只有回到大湖，棉花糖似的雲朵溶化了他的心，他會牽著我與姊姊弟弟，在街上悠悠行走。樸素的市街，呢喃的客家話，騎樓上晾曬的衫褲，黑漆剝落顯出斑白的腳踏車，山城闃黑烏亮的臉，銘刻堅毅硬挺的質樸個性。於是，中原路轉角舅舅開的五金行，清晨天色尚未全開，舅媽早已七手八腳把鍋蓋瓢盆竹籠鳥籠水管掛得騎樓滿滿，走道也塞了鐵架鋼條陶甕之屬，熱烈非常地展覽豐碩的貨色。早早有客人上門，買個水籠頭順便帶走福菜一罐，售出大水盆書包玻璃紙還裁一段曇花去種，濃重的稀飯菜香裡擺一段醃漬過纏綿捲曲的蘿蔔乾。

罩進市場，菜包攤上，那艾草的青色與糯米的原色，竟在小小擁擠的市場裡發出光亮。「要怎麼做菜包呢？」仰著頭，問著父親。「妳聽好，」父親說。

「糯米蓬萊米先磨成米漿，」他笑著繼續解釋：「脫水後變成米糰，取其中一部分燙熟再一起揉成圓，分成幾份後，中間捏成凹陷的形狀，放進香噴噴的餡。這個餡會香是因為先炒過，先爆蔥頭、香菇、豬肉、蝦米與蘿蔔絲，灑點鹽加點胡椒粉包進去。要記得，朝上的一面要捏得凸凸的一道，像豬籠的形狀，好像跟我們擠眼睛，然後放在月桃葉上蒸熟就可以了。」

「當然，也可以把煮軟的艾草揉到米糰裡，就變成綠色的菜包了。」菜包的滋味是微微黏牙、微微香、微微硬。

我心裡滿是疑惑：從小在鄉間長大，摸河蜆釣青蛙抓金龜子難不倒我，水田長茭白筍花生埋土裡菱角在水裡，水蜈蚣不是蜈蚣我也全知道，怎麼我會不知道什麼是月桃葉和艾草呢？

「艾草和菖蒲都很香，可以避免蚊蟲叮咬，又可以掛在門口消災祈福。」父親又說：「蓋印章的印泥也是艾草做的，它可以防菌驅蟲，所以有人也叫它神仙草呢。」

「那麼，月桃葉是什麼？」我又問。

「月桃在山野裡長得滿滿都是，紅白相間的花朵，又叫做玉桃。它的大葉子可以用來包粽子，種子做仁丹藥丸，還可以編成草席。妳小時候在大湖溪邊，還常常撿月桃果的外殼拿來做勞作哩。」我記得了，月桃好美，小時同學有幾位名字就叫做月桃玉桃的。

「月桃的花凋零得快，雖然很美，可是沒辦法用來插花。」記得幼時愛美，總愛摘些月桃小金英插滿頭，而那月桃花，總是一晃頭就掉、一下子就枯萎。童年影像，由淺到深地浮現眼前。

客家俗諺說：「一頭槌、二粢、三田粄、四惜圓、五包、六粽、七碗粄、八摸娑、九層糕、十紅桃。」平常家居的日子，突然嘴饞想吃菜包，只好到菜市場買，吃著沒有彈性的糯米皮與灑大多胡椒粉權充味道的內餡，看著菜包工整地放在塑膠紙上，悠悠想起大湖市場賣菜包婦人眼角的笑與月桃葉片滲透的香氣，渾不知飄到哪兒了？是在高級的日本料理店冷盤的配菜嗎？還是成束包裝精美地低溫運到日本躺在冰冷的生魚片上，餵養異鄉人的眼睛？

大湖的芥菜加鹽變成了酸菜、雪裡紅，炎陽炙過變成福菜，冗長的曬乾後成了梅乾菜。梅乾菜拋入油花肥厚的豬肉裡，滲透每一口湯汁微酸襲腦，鑽進了家裡悄無聲息的廚房，下沉到一雙雙過大又磨得開口泛白的鞋子。放學時，用鞋繩捆住鞋，掛在削瘦的肩膀上，折木槿舔舐枝液，一晃一晃跳格子回家。若是餓，在碗櫥的上頭找到紫蘇梅，舀出一枚枚濃稠的梅子，混合滲湧的口水，想像它們曾在枝椏懸掛搖曳，又骨碌碌滾動在瓦盆中，浸潤在透明的玻璃瓶裡，入肚後酸甜津津。

下雨天的家裡，霉長得老高，暗綠得像溝裡的叢叢水草，我們忙著用削平的奶粉罐裝雨水，倒在院裡大甕裡，天晴後可以灌蟋蟀。蝸牛沿著甕邊爬，邊爬邊縮頭，觸角粉紅得像少女的裙擺。拿一根琵琶枝去撩牠，牠會氣得一搖一擺爬過來，身下曳出白色的黏液像在寫著看不懂的字。青春像茸生草皮上的蚱蜢，就這麼一跳而過，一年年就過去了。

離家，到嘉義民雄唸書，山腰裡插著湖泊，風轉千轉，轉開了小巷裡的家門，淡淡的風，淡淡的菜香，隱隱約約飄了出來。回到家裡，遙遙聽見故鄉寂寞飛濺的聲音，模糊我雙眼。

望著著電鍋裡肥白胖綠的菜包，怔怔地想著，究竟是什麼讓家鄉味變得夢迴百轉、耐人尋味？隔著山嶺大河的故鄉啊，就讓口角間的一粒米回到稻殼之中，讓它去習慣穀殼裡的闐黑，將它已被蹭黑的肌膚再度復白吧；也讓羽狀缺刻的艾草回到田野溪邊，讓它蟄伏在尺高的牆下，抖擻在山城的青苔石階前吧。

多年過去，現在行走大湖，竟要從車水馬龍的縱貫公路中才能辨識青串樹叢；從分開交錯的遊客衣裾裡才能呼吸草莓的微香；從呼嘯而過的車河裡遙想溫泉的氤氳。以前，鄉土的芬芳調伏了歸人的心靈與身體，現在，遊子們反倒要張開雙臂，保護著滋長肉體的源泉、生命的原鄉；我的內心深處，參差錯落著驕傲、傷感、緬懷……種種滋味。

——人間福報副刊。

二〇〇六年十二月七日

七夕・奧遠之淚

日月潭慈恩塔旁，我們併肩坐著，從天朗氣清坐到星辰滿天。自潭邊第一盞燈火燃起，湖中的船家吆喝著休息了。一艘艘遊艇駛近岸邊，船尾拖曳的人形波光也漸漸隱晦。唧唧蟲鳴，涼風習習，彷彿身處在天之巔，一伸手便觸及近在眼前的星海。

「那是夏季大三角，」你說：「天鷹座在下，天琴座在西方。」天鷹座是我們俗稱的牛郎星，天琴座就是織女星。我順著你的手指彼端的虛擬延伸線看去，心想，常常和宇宙對話的人是孤獨的人嗎？當你背對著紅塵的喧囂，擁抱滿天燦爛的寂寞時，你在想些什麼？

「農曆七月七日，是中國的情人節。西周時代，農忙後的晚間休憩時，一抬眼，見天上星光閃爍，其中有兩枚星子遙遙相望。人們相信神明有靈如同人世般，因此一枚名之為牛郎，一枚喚作織女，織女年年織杼勞役，織成雲錦般天神穿的衣服。」你戴著黑框眼鏡，瞳孔沉在不可見底的深處，似乎有一簇火光在眼底燃燒。

如果甲骨文是文字的發軔，那麼線頭是衣裳的端緒。

素手纖纖，札札機杼，自線頭編織出的飄絮般銀河羽衣，在盈手可握的星子間閃爍著光點。夜空，是織錦的視覺詩，銀河柔滑如夢的絲緞。

天帝後來憐憫織女獨身寂寞，遂答應她嫁給河西的牽牛郎。牛郎以牧牛為業，性情樸拙深情，恰似遠古時希臘的奧菲斯。奧菲斯是詩歌與音樂之神阿波羅的兒子，當他與地府冥王相約，帶走已死的妻子尤麗迪斯時，卻忘卻絕不能回頭的承諾，讓差一點得以返還人世的尤麗迪斯在驚喊聲中，重又墮入地府。天帝同情抑鬱而死的奧菲斯，將他的七弦琴飛昇上天，幻化成為「天琴星座」。織女星，是天琴星座中最耀眼的一顆星。

織女與牛郎因為纏繫人間的愛欲親情，荒廢織布與耕種的工作，被罰分隔兩地，兩人從如膠似漆到一年只得一會。猶如尤麗迪斯在喊叫中永遠地離開了奧菲斯，織女與牛郎於悔恨中各自在迢迢他方。穿越無盡的黑暗，牛郎與織女在一期一會的夜闌呢喃低語，求索彼此的微語，交換瞬間的永恆。

坐在山頂上，沍寒的空氣在我們背脊竄流，鏡面般的潭水上，白霧忽而掩來，旋即隱去。青碧的潭，像是凝凍的黑色結晶體。迷離恍惚間，傳說中的杵聲與白鹿追逐聲遠遠地逸去。冷冷的山風將我們剪影成皮影戲的人形偶。

我揣想，千百年前晚風習習中，人們突然瞧見牛形星的喜悅。那是一匹祭祀大地的牛，祈求豐收的象徵。織女星則是女子藉由織布機，將溫暖、希望、美感密密編織。人們以為河海與天空彼此相通，所以牛郎可以在每年七月七日晚上，走向天際，腳踏鵲橋，跨越浩瀚銀河的阻隔，與織女相會。兩人相見時在喜極而泣之餘，短促的時間還有多少餘裕可以說話呢？「河漢清且淺，相去復幾許？盈盈一水間，脈脈不得語。」或許一切盡在不言中罷。

「妳知道嗎？一直以來，我靠著星座的標識，來辨認妳的方向。」你緩緩地說著：「對我來說，妳如星體般神秘。」聽著聽著，我陡然心驚。你出國多年，我們僅靠著魚雁往返，在郵寄的鄉愁中探尋對方的溫度。我們在同一個遠方前面互相矜持著，常常談昨天的夢與今天的雲……

因為有著分離兩地難以言說的思緒，才會對相見抱著莫名的期待。你飛行過清淺的銀河，停佇在中臺灣。我想起古典文學裡的謫仙們：《水滸傳》一百零八魔星下凡、《紅樓夢》的神瑛侍者與絳珠仙子、嫦娥……不論是逆向入人間或是自我放逐，他們終究要拍拍衣袖，回返無限遠的仙界。而其他凡夫俗子或貴為帝王的唐玄宗與楊貴妃，只得在〈長恨歌〉中誓言：「七月七日長生殿，夜半無人私語時；在天願作比翼鳥，在地願為連理枝」，並以〈鵲橋仙〉自我開解：「兩情若是久長時，又豈在朝朝暮暮」，安慰世間所有因時空所限，不得不分離的有情男女。所以殘缺不一定是殘缺，人間也能有另一種形式的圓滿。樹叢中鳥影撲飛而去，我們沉默地微笑起來。

七夕當晚，只要不下雨，就可以在這海拔一千公尺處觀賞天琴座與天鷹座兩個星辰。但我似乎寧願有雨，在七夕。有你在身旁，背倚背，煙靄靜靜拂過潭水，透過縹緲的雲光，我想望一段幽趣。雨絲紛紛，似纏綿悲切又喜悅無限。她與他，織女與牛郎星，掙脫了詩經史記與荊楚歲時記的書面文字，在遼闊長空中，如同梭子般勤勉地迴環往復，為了每一個人的夢而將自己織錦在天上，細密地紡成一則永恆詩的傳說。那晶瑩的淚沫，是織女心靈深情的

湧墜，震震顫顫地滴落，超越了地老天荒，將被人間永恆
神秘的追述著。

——人間福報副刊。
二〇一〇年八月十三日

微笑禪

顫微微地，舉著毛筆的手又不由自主地抖動。你使盡氣力，想讓筆端定點落下，不意間，落下一大墨塊，它滲透到黃紙底層，無言地渲染成一大片沉默。你趺坐在位置上，已經氣喘吁吁、汗如雨下。

踱步到碗櫥前，內置貼有自己命名的「藻思」、「綠茗」、「紅榴花」的三兩茶罐前，你卸下缸蓋，先掏摸底部石灰結塊了嗎？若無，則輕輕拾起紙紮龍井，於鼻下嗅嗅聞聞。所幸，山野的淫雨沒讓它氧化失鮮。你點點頭，默默地取出一包茶。「藻思」是陳年老龍井，你不知怎麼，今晨忽想將它喚醒。活泉水入壺煮沸，白蒸氣竄滿木房，飄逸戶外。歲月不居，在無無有有間，茶葉冶煉自我成一缽鮮翠，等待機緣巧合，與你相遇。蟬鳴一樹，卷雲斜倚，涼風穿屋而來，掀動你的衣裾。

回想十數年前來到這大坑山區，砂礫粗石黃土滿地，菅芒花野草漫天，處處漫生雞屎藤、雷公根與咸豐草。你一鋤一搗，五個月時光，草才盡除。累石之隙，你灑下肥腴茶子；間疏之際，播種些菜苗。幾爿木材，堆疊成可容一人光景的小屋。你日日與蛇蟲為伴，忙於引泉、除草、耕作、洗滌與玄思，學著與疾風暴雨土石流善處。四年之後，茶樹長成，百株一色碧。旁有地瓜南瓜藤繞，馬鈴薯山藥紅白蘿蔔菜豆絲瓜芋頭香蕉遍地。欣欣然於清明、穀雨前摘茶，日摘得三斤已足。攤放後終夜鐵鍋烘炒，雙手固然燙傷長繭斑痕累累，卻也得以製成數兩泛黃翠葉，貯蓄缸甕。

遙想昔時神農嘗百草，身染七十二毒，以茶解毒。而東晉郭璞注《爾雅》：「樹小如梔子，冬生葉，可煮作羹飲」，可知古早將茶作羹湯，不作茶飲。唐陸羽在靈隱寺，常與道標和尚煮茶品茗，飲的是寺僧自製的新茶。你效法前人，不一定是煩惡舌燥時才要來上這麼一飲。你歡喜透過茶的滋味，能隨時喝出一山清朗，真實感受到自然的恩澤。下投小撮茶葉，白瓷杯澆入初沸熱水，蜷曲的葉片在湯中伸展、扭轉，茶湯燜黃如栗。初聞時有腥山野氣，是你在大地中墾荒的汗氣。再聞有清新的瓜果味，是你植栽的木瓜或火龍果餘味？徐徐入口，青澀味直抵味蕾，是你初來時無水無電的苦澀？淌入喉頭後，回韻的甘甜是你現時的寫照？品茶過後，心緒默然體察，又覺這茶是無味之味，淡然已極。是了，這才是你，你是此中清味。

咀嚼口唇的陳韻，忽然想到自己。起初發病時，你正年輕，站在青春的峰頂。不知怎地，你的呼吸愈來愈喘，走路喘躺著喘靜坐也喘，原來是氣管被腫瘤塞住。動手術後，一個多月腫瘤重又長出，醫生只好保留著氣切口，讓你得以呼吸。很快地，你又喪失了味覺與嗅覺。你流痰流血肺炎幾次跑了數不清的急診。抽血後，才又得知你早有紅斑性狼瘡。難怪關節腫痛時常癱軟無力。你漸漸畏光，因為陽光會使你的皮膚刺痛紅腫如紅蝶飛舞。將窗簾密密闔上，將時鐘收入櫥櫃，你再不需要這些。你的人生，由彩色變成黑白，你這才瞭解傷心怎麼唸、痛苦怎麼寫。而你，你的聲帶彷彿被硬生生剪斷，怎麼樣拉開嗓子，就是發不出聲音。你想逃離人群，因為人們都以為你仍會說話、仍可呼吸。他們不瞭解窒息的恐懼，也不瞭解啞口人的心酸。

由於長期服用類固醇，你心跳快速，整日昏沉，瘦弱的身體瞬間漲大一倍，胖得猶如是他人；由於關節錐心地痛，你要捏得自己全身青紫才能忘了這刺骨疼痛。你忘了自己過去怎麼成長，只想著怎麼不著痕跡地離開；你想要用盡身上僅存的力氣，去堵住好奇議論人們的嘴。你的黑夜是別人的白天，你的白天一逕還是黑夜。一望無盡的漆黑，你困在圍城裡，讓肉體的痛去啃蝕日漸霉腐的心靈。

某日，你想：生命已然是倒數，身心無量苦楚如牢籠的生活就讓它僅及於生活吧。至少你還有心。你的心萎縮幽閉在比針縫還細的間隙裡，你偷眼去瞧它，它也活生生瞪眼看你。是的，你仍有這顆心。病的是你的身體，不是心。你思考佛家所謂「心真如」，就是說明一切現象界的分別相，其實都是觀者心中分別的妄念，而心的自性不會隨外物外相而生滅。人的心念，總是念念相接，環環相扣如不斷的鎖鏈，似無明風。人們有本性如那清淨的無染海，風吹拂過波起波又平；你的覺心可以不沾任何微小的無明動念：譬如那迷走的人，如果丟棄方向念頭，他又怎麼會迷路呢？如果能覺察一切現象唯心所造的觀念，在因緣和合而成的若行、若住、若臥、若起當中，瞭解現象界是變動不居與未有的，隨順環境，觀察己心，不貪求世間名利，不妄求不執著，才能超脫無止盡的波浪苦海。

迴思過往案牘勞形恓惶奔走終日，食無味，行走無方，勞碌過後常常無法收拾心底煩躁的自己。所以，花了很長一段時間，你慢慢丟掉身體薰習已久的生活習性：憂慮、追悔、怯懦、驕慢、懈怠、疑慮、退惰、怨恨，易惱怒、喜怒無常性，誠心懺悔，讓心緩和安住。這些習性如行過田間的水蛭附著在雙足，拔除得花一番工夫。藉由默坐飲茶中，你瞭解茶性會隨每季的天候變化有所轉變，若永遠執著於同一味，便會生出無盡的煩惱。就像紛繁的人世，若是執著一隅，不知變通，缸漸腐而蟲滋生。你漸漸體察不畏勞煩，當無明執著昇起你就隨念剝去，砥礪擦淨它，日復一日，年復一年。

你編織窗戶，以葛藤；你打磨鞋底，以柳條。你冶煉心性，以植茶。乾燥後的玉米粒爆花，是茶食。隨手挖掘的洋蔥，鮮甜無甚辣味，是零嘴。你還試著搗出鳳梨皮纖維，蒸煮後得來的新紙，以茶渣染色。因為得紙，遂有溪石為硯，束竹枝為毛筆。又有你執筆書法，在廣袤大地上寫出含藏不盡的心事。寫完後，徐徐揉去筆墨符號，不著形象。你雖無人可共語，無人能伴飲，你卻明白：自己不過是一枚輕輕遺落山間的松子，四時更迭，春秋冬夏之後，要化作春泥歸向那無何有之鄉。

空山寂寂，花自開落。天與地一色，潤澤茶心；荒山野脈共氣，滋養茶韻。你調息來澄澈心靈，漫步去純化感知。醒便耕種，閒時兀坐，倦便睡去。你仍病苦，但放眼盡是明媚風光。你仍有顛倒夢想，期盼病好轉後能幫助需要的人，或者在山區進行園藝治療或身心靈復健等等。無論山區大自然節奏如何，你皆維持同樣速度行去，這是你的修行之道。現在，你聽得見黃昏清風穿越竹林沙沙的聲響；你觀看埋入土層的種子是如何在梅雨後甦醒抽長；無垠的天色是如何在山裡一夕十數變化；白鷺鷥群聚後一齊展翅的快意舞蹈。美是什麼呢？你深心地自問自答：菅芒花的白頭，月桃的清氣，茶芽鮮活的嫩綠；還有熱騰騰的身體痛感，卻有雪般凝凍的心，以及漾在嘴角神秘的微笑。

——第十二屆大墩文學獎散文類第三名，第十二屆大墩文學獎作品專集，頁八十二至八十七。

二〇〇九年十一月

炸醬麵書法

若將所有的知識自肚中傾出，而你仍在，我願意；若將世間名利散盡，而你仍在，我願意。我將顫顫的手伸向空中，以透明廣袤的藍色為背景，書寫著你的名字。攥住筆管，中鋒運筆，懸臂寫出擘窠大字，你的名你的字。點畫之間，滲漏的墨汁，緩緩掛落。收筆裹鋒，將千絲萬縷的墨絲妥貼收斂……

恍然間，幼時的村野田疇綠回來了，紅磚矮牆疊回來了，你的窈窕身形在龍眼樹下的光影中婆娑而來，喚我名字，一起回家吃麵。幽仄的廚房，你拿著蠶頭長筷，將麵團置入沸水，略為旋動。我伸頭望去，總會被熱水濺著臉。你不停手，淋漓地在空中飛動起一道牽絲。醬油膏兩瓢，咽住一剮豆乾香菇筍絲；香油調節軟綠黃瓜絲與茶葉綠般細蔥，麵條拋起，恰恰被青花碗接住。小桌旁，你幫我吹涼麵條，咖啡色眼珠笑吟吟看我。天地悠閒，歲月靜好。

吃完麵，便移走碗筷，換上筆墨紙硯。硯台上緩緩注入清水，手執小學生墨條，指腹微使力，在硯石上畫圓。一圈兩圈三圈無數圈後，墨色即濃，膠味撲鼻。你訓誡我須得九十度挺腰端坐，不能搖頭晃腦。精神集中入無人之境，雙眼直視碑帖而不能瞬。大楷沾飽墨汁，九宮格紙上寫大字，入手寫的是永字八法。冊勒啄磔努趯掠策，橫豎點撇捺挑勾折，寫啊寫，將我攪得頭昏眼花；愈寫愈急，後半張紙變成了鬼畫符。你垂下眼，有些失望地和我說：「王羲之用十五年的時間，專門寫永字，終於變成一代書聖」之類的話。我不瞭解，為什麼我要看這些鳥蟲書而不能和真正的鳥蟲玩耍呢？窗外的舒卷白雲哪裡比不上歐陽詢的《九成宮醴泉銘》？

我用力在紙上畫圈，拋去毛筆，大聲嚷：「不寫了」。你生氣，用掃帚打我；待我哭泣力盡，卻又溫言對我說：

「我們慢慢寫，好嗎？」於是站在身後，右手握著我的右手，一筆一劃再重新寫著永字。流光似水，以迅雷不及掩耳的速度自時間牆縫中逸出；多年過去，筆禿墨盡，粗紙崩解，我遺忘了永字筆法，只深心記得：母親微沁汗水的臉頰貼近我的、白皙指節握住我的，溫度。那比常溫還高些熱些的體溫。

後來，假日時刻炸醬麵——書法成了固定的模式。你其實不愛青蔥，吃麵前總是一粒粒挑起，吃麵則是三數根齊一入嘴。我則是狼吞虎嚥，整碗掃盡。你在旁邊陪著寫書法，字體甜媚工致，中規中矩；我則任意揮灑，飛白處處，意勝於形。寫完書法，我將筆一扔即去玩耍。你則默默洗著衣服上的豆瓣醬墨漬，搓揉指縫間隙的墨汁。

春秋去來，我漸年長，你漸衰老。你生病，四肢關節發炎退化，也無法辨識家人與世界。我為佝僂著身體的你梳整頭髮，牽你在公園散步。草地上，告訴你眼前的物體：那靜定不動的是白鷺絲，那揮拍雙翅的是鴨子。涼涼細細的風，伴著青草味，游移到你斑白的髮際。你擦多了的髮油，攪著高溫，蒸出一股桂花味道。坐著，在草地上，你似乎凝凍成一尊塑像。我才看到，你常年辛苦，手臂烙下的水泡疤痕與指節突起的圓繭，還有墨黑的指甲。我發覺自己正喃喃自語地說：想吃炸醬麵麼？回家煮一碗給你……

不知怎地，現在吃炸醬麵，也是先去青蔥之形而取其味，三數條麵絞轉徐徐送入口；寫書法時，點畫沉著，提按平緩。吃麵時要順暢入口，若斷續猶豫，麵會僵直；寫書法則是徒手線的韻律，需一氣呵成，忌諱板滯。我常憶起小時候的氣味與溫度：那麵條的熱辣，墨汁的膠醇，與體感的溫暖。阡陌縱橫的九宮格，麵條黑呼呼地安土敦仁，它們在我清醒與睡夢之際縈迴不散，久久留香。

這天，突然想寫書法，像是與已不在的你說說話。待書寫完成，展開尺幅，才發現：母親，對不起啊，淚水混著墨汁，漲墨大大，我竟將「子」字寫壞了……

——人間福報副刊。
二〇〇九年九月四日

經霜歲月

小時候，因為家境貧窮，爸爸在鄰地上用竹子圍了一塊地，裡面養一些雞。每當清晨六點鐘，公雞使力地伸長脖子，面紅耳赤扯開嗓門，氣貫丹田，十分有力。母雞則不時用短喙理理羽毛，骨碌碌側眼瞪著人瞧。

我們最高興的事就是母雞生蛋，連續幾天，餐桌都有蛋。例如菜脯蛋、蛋花湯、蒸蛋和蔥炒蛋。所謂「吃蛋生聰明」，在我們家並沒有確實應驗。我都在國中後段班載浮載沉，弟弟倒是包辦每年前三名，想是年幼時被公雞追逐時啄出來的命運。

每逢雞生蛋，我們格外忙碌。要提防蛇偷吃，就得拿著大木棍守著。普通的臭青母算是小意思，突然造訪的眼鏡蛇可讓我嚇破了膽。我曾經與牠眼對眼對望幾秒，幸虧爸爸提鋤頭來打，牠才悻悻然離開。卻嚇得我到廟裡收驚，喝幾杯香灰粉水才回神。此外，也要注意幫忙吊電燈泡孵蛋，偶爾我們好奇地揀幾個蛋坐在上面孵，不小心蛋破了，蛋液裡黏在褲上洗不乾淨，這時也會討大人罵。

當時，常有穿著邋遢的人到家門口站著不動，爸爸就給他們幾個蛋。弟弟看了嚎啕大哭，因為那是他的隔日便當的預定主菜。爸爸揮手叫他們走後，就罵弟弟：「莫讓籠裡雞公怪咱命」，一點兒不會想想別人的苦，「有那一條腿，穿那一條褲；有那個肚子，吃那一碗醋」，將來要吃什麼得自己努力，不幫別人，也沒有人幫你，風潮過了天自在。

但是老天有想過爸爸的辛苦嗎？媽媽長期身體孱弱，一直臥病在床。小孩全靠爸爸拉拔長大。還記得家中遭小偷光顧，爸爸拋下自尊、羞赧地向朋友借款應急；回到家，就嘆口長氣，抱著我們說：「太陽家家門前過，世間萬事如反掌，天無絕人之路」。後來，媽媽誤服老鼠藥，被救護車送到醫院，爸爸急得一夜頭髮都花白了。媽媽回家後，爸爸要宰一隻雞給媽媽補身體，挑中的是養了很久、已經和我們很有感情的老母雞。牠被抓的時候並不奔逃，彷彿知道自己的命運。爸爸先用稻草纏住牠的腳，再用尖刀劃開她的喉嚨，就著一只碗，慢慢放乾她的血。她柔順地躺臥地上，等待用熱水燙過她皮膚，扒光牠的毛，割開肚子取出內臟，丟進鍋爐和一支蔥，慢熬到黃澄的雞湯。端著雞湯的我，遞給媽媽後，眼淚不自覺流了下來。因為這隻母雞，是我孤單時間的最好伴侶啊，她會聆聽、會回應地聒叫兩聲，似乎比失語的媽媽還親切。

養雞人家最害怕颱風天。當風雨颯颯，小排水溝變成狂濤，漫淹過馬路，將家裡淹成半個人高，我們顧不得家中一條條的水蛇，先奪門而出去搶救雞隻。能扛幾隻上鐵皮頂算是幸運，大多還是被水流沖走，留下來的幾隻也因泡在水裡，除了變成「落湯雞」外，更成了「弱腳雞」。我們只得眼睜睜看牠們軟倒、死去。

十數個颱風來了又走，世事如重重疊疊山影過去。記得遭逢九二一大地震時，家裡正在車籠埔斷層通過的地區。那個黑夜比白天漫長的時間裡，老家電話一直沒人接，我繃緊一顆心，望著遠處的九九峰走山、光復新村塌陷、烏溪橋裂損……內心焦急不已。繞過殘破的草屯鎮，家中燈光俱息，房屋一邊下陷、一邊上升，「爸爸在哪裡？」看著對街一排全倒的房屋，我喉嚨已然嘶啞。望著遠方，地平線出現那熟悉黑影，迎向我走來；我跪倒在地上，口中激動地從耶穌基督謝到觀世音菩薩。原來爸爸去看別家有什麼要幫助的，「今朝不知明日事，昨日怎知會有這款事？」爸爸難過地說。他要我無須擔心：「現在不用賣雞也有底可以度過去」，因為一向成績傑出的弟弟為了分攤家計，早早放棄高中升學，選擇公費的師專唸，減輕家中大半的負擔。

常常在同學訕笑中默默低頭的我，糊糊塗塗考上大學時，爸爸根本不相信，半夜騎長途機車到大學校門口去印證，找到我名字偷偷把刊登名字的一角撕下來回家保存。大學畢業後，順利考上研究所，但是想去工作賺錢補貼家計，不是很想唸書；爸爸自己幫我報到，而且先把我的衣服棉被都送到宿舍，「我還幫你選好宿舍房間了，」他得意地說。博士班畢業時，爸爸只希望我能穿著博士服照一張神情飽滿的照片，「放在祖先牌位和妳媽媽的照片旁」。只不過，照的照片都被爸爸打回票：「臉太瘦不好看」，每年都去照，已經照幾次無效的照片了。所以現在得常常喝雞湯，看能不能胖到明年照相的時候；還要記得明年畢業季節先向學妹預借博士服。

隨著社會經濟困窘，獨居的爸爸常有詐騙人士登門「求助」，爸爸每回都上當：「他說他的車子壞了」、「他說以前修過咱家水管，現在沒錢……」等等，理由不一而足。事後爸爸會覺悟，但是很快又忘了，常常當成笑話告訴我。我有時擔心，會偷偷跟蹤爸爸，看他散步有沒有危險；結果，一下子清理水溝、撿垃圾，還跟亂倒廢棄物的人吵架，把我嚇得一身冷汗。我勸爸爸少管閒事，他會唸我：「一世人，親像做人客，百年隨緣過，免緊張啦。」我知道爸爸守著老家不走，為的是懷念媽媽。

今年過年前，頭髮全白的爸爸佝僂著身體，顫巍巍將春聯「大吉大利」，貼在門上，我扶著抖動枯瘦的手自長凳上下地，從模糊不清的眼中看到「大吉大利」中的「吉」（雞）字，紅灩灩又黑亮地喜氣十足，此時女兒大叫：「六畜興旺還沒貼呢！」

——聯合報懷恩文學獎散文優勝獎。
二〇〇八年十二月

人間天堂

這病，有致命的危險。醫生的話，一個字一個字不疾不徐地吐出。霎時血液奔逃至腦，以致於膝蓋以下紅白血球失速，幾乎軟癱在地。彼時，你恨透了方塊字。

你幾十年歲月浸淫在文字當中，才順利取得博士。眼前風光明媚、蝶飛鳳舞，正是捻燃希望的燈火之時；灼燙的判語，卻迅即以猙獰的磁性，吸奪走自體的活液。

彷彿戴著人皮面具，皮膚與五臟六腑都分離；而那些蘊底堆積的方塊字，一字一字竄出皮層內裡，脫逃到白晃晃的天空。離開醫院，愈接近停車場，你的學歷與知覺愈倒退，最後只剩下滿天的文字，似乎嘲諷你空虛的軀殼。

那些寫盡、演盡、研究盡書本、戲劇的所謂生生死死，永永遠遠都不及自體演繹的驚心動魄。

那些有同情心的、善良的、向上的前進人們，若不知退後、或是永遠的退後是什麼滋味，那麼前進是真正的前行嗎？

在暗潮洶湧的黑夜，你揮開夜色，睜開眼皮自問自答。

那一枚小小腫瘤，那小東西，你膩稱它。已經成了身體的一部分，同吸營養、同汲氧氣，在悲或傷之時，它都在，一直都在，與你相濡以沫。

時間須臾來去的縫隙，豐子愷說「漸」，簡媜說「啊，漫長」，你卻要說「啊，美！」睜眼一切，美！眼光收盡，闔眼睡覺，美！

看過夸父逐日嗎？當他右眼望著太陽在崦嵫山渺渺縮小時，左腳已踏上奈何橋。或者不要忽略屈原的影子，汨羅江畔最後的一瞥，瞳孔放大到來不及說不走。當每日被陽光喚醒，推開昨夜亂夢時，感動謝天：仍有今日，日月並沒有擲人去……

雖說除去那物看似理所當然，可它卻躲在氣管尖端，切開氣管才能插管，後遺症無人可說得清。因此，還是與它共存。你幾月荒亂過去，輕忽那時光淌過周遭、身體與意識，飄飄忽忽地。你手指尖碰觸的感覺，綿綿細細粗粗重重，將這種種感覺妥善藏起，怕以後感受不到；耳朵灌注的五音八音國語台語，大聲小聲輕音重音，蜿蜒著律動一一攝取，讓未來知道來處的俗世之音。你的雙唇機械式地開了闔、闔了開，食物急遽失去興味，只為應付家人之眼遂拈米飯下肚。不再好奇何處可見飛碟，只因眼睫下意識中來來去去的光團如傳說飛影。誰說離世之前有光團？知曉罹病之後亦有光團。

從未有人告訴你該如何呼吸，於是渾渾沌沌呼吸數十年。無日不視呼吸為自自然然，如同肚子餓就該吃食一般。你的呼吸，濁氣甚重，如颱風過後黃水濁濁的草湖溪；芒草錯愕地夾帶泥土，一路從台中滾到霧峰，不管太平的呼喊。你的成長，自自然然，從中興新村眷村百里香樹籬穿過民雄流星花園，在霧峰山城歇腳。紫荊花張狂飄搖滾落下方，畚箕湖雲霧邈邈，你落腳的阿罩霧，比哲學之道的悠遠更讓人心魂欲醉。於是你繼續呼吸，吞嚥靄靄白雲，吐出片片青山，每日貪看入眼事物，總覺欲罷不能。

對一切欲罷不能，因此無法終卷。你開始回憶起舊事：積欠國中同學未還的五十元……手掌上握的五十元硬幣，你以沁著汗水的柔軟緊握，終至逐漸僵硬。五十元可以做什麼呢？偏著頭，仔細用心地想著。你可以到十元店買五個哆啦A夢、戳戳樂、筆記本與橡皮擦。傳統市場裡兩把葉菜；一杯瑪露蓮仙草凍。

打開電腦，螢幕上各種資訊向你迎面襲來。忽然停下機械打字的手，瞅著綴合的字體發怔。那些每日都要回的各式mail你不知覺地按下Delete鍵，那些每日俱會響起的電話你任它響徹雲霄，那些報紙報導的影藝新聞俱讓你胃液逆流。你早早數年前蒐羅的王建民簽名球與速球王子海報已蒙上層灰，任它拍賣喊價震天嘎響。你將書籍載到舊書店出清，任老闆殺價到一本六塊，嘴角甚至沒有動過。你終於瞭解夏目漱石的「旁觀者」說法，他說：「由於無法剪斷俗累，過分重視榮辱得失，所以在塔納畫就火車之前，無法欣賞火車之美，應舉畫鬼之前，無法欣賞鬼之美了」，你終於頷首。

你喜愛頸圍絲巾。那年第一次在法國買的亞曼尼絲巾仍綣曲在抽屜裡，為了自視甚低的無聊自尊，它就一躺躺十年。人生向著幽黯走時，你粗暴地掇取它，掛搭在瘦削的頸部，像遮掩什麼似地。也像怕從此再沒有機會般。珍惜兩個字，你唸一輩子書，現在才懂怎麼寫。

你一向歡喜喝茶。品茗時雖不至於焚香聆樂，但追求操作的精緻。淨杯後，一抹烏龍投入，將沸水注入陶壺，見白煙裊裊，壺蓋後消散無蹤；繼而清香若有似無，飄飄然地引你取壺倒出金黃茶湯；當味蕾捲曲液體停駐喉頭兩三秒，那簡直有如在高山荒野處見到雪蓮般狂喜。美妙處連繪畫都失卻顏色，詩詞沒了形象，譯者都失去口唇。自醫院返家後，你將茶葉放入木箱，上了鎖，緊密地關住阿里山與杉林溪的靈性與甘香。

你開始特別門診的循環期，與一批病友共同瓜分醫師的下午時光。你在陳舊的門外，嘴裡喃喃朗讀病友的名字。當你想和他們說話時，噤口不語的他原來已沒有聲腔。牙牙的音如嬰孩。而自己又能保持聲腔多久呢？從小學一年級起，你就是朗讀與演講比賽的冠軍啊。一疊厚厚獎狀，水漬與褪色的油墨裡，時間似已嗚咽不語。

四十年，一幕幕奔竄而來，又飛馳而去。如迅雷不及掩耳、暴雨不及舉傘。你讀豐子愷十年，現在才真正弄懂他說「知死，知生」的道理。人生，是向死的存在。坐在興大中興湖畔，庭前青草齊發，春花爛漫；蝴蝶簇擁來，蜜蜂團團去；小徑分分合合，通向一灣碧波。鷺鷥啣食飛越黑天鵝頭頂成一道圓弧，落在白鴨的前面；龜群竄起，和肥鯉同向遊人索食。你模糊地想，二十年前的自己，大學生的模樣，穿著素衣青裙，紮著兩根辮子，背負布包狠狠踏著腳踏車，從雲平樓到文學院，茂密的枝椏被建築取代；從黑森林到蕙蓀堂，九二一後都變了樣。你無法從週六圓廳旁的有機市集裡咀嚼回年輕的滋味，有機的帶泥蘿蔔鋪滿地，你仆下撿拾的是怎麼挑也回不來的健康。

你開始閱讀靈性書籍，拋開談健康的如曹又方陳月卿與新谷醫生。每日施作平甩功。跑馬燈的腦部浮現一幕幕閃著光明信號燈，遂幽幽憶起：送黃春明演講完下台階離開學校時，黃先生炯炯直視的眼神；觀賞完許芳宜跳舞，簽名時布拉瑞楊的黝深的雙瞳……你相信眼睛有靈視會心的功能，遂因此產生撫慰的力量。因此你穿過浩漫銀河與寰宇微塵，尋找電光火石剎那的眼神交會。

於是你回到草鞋墩，父親的眼擔憂地蓄滿不知名的液體。你恍然大悟《華嚴經》說：「人與人間譬如眾鏡相照」……他的皺紋與你的、他的微笑與你的……遂成了映照聯繫，而他是我、我是他。

京都街頭，你細心看墓地石碑打折的廣告，這才瞭解連離開都不是一件便宜輕鬆的事。舊書攤看到陳子昂的書法拓本，談生命追尋諸書等等，經眼輕掠過。你翻看李商隱「海上」詩：「石橋東望海連天，徐福空來不得仙。直遣麻姑與搔背，可能留命待桑田」；當談話時，東海已經出現滄海變桑田、桑田變滄海三次變化。須臾瞬時的變化似乎勝過了意識，所以曉夢迷蝴蝶，夢易醒夢易碎。

當你在小冊裡描繪自己的墳墓時，一切非和諧的和諧。你要青石材質，不薄不厚的板材。四周圈起一小叢相從的矮竹；粗短青楓一株，彎繞在石板上中位置。如此一來，秋冬尚有圓果實紅楓葉，讓我在胸襟賞玩。青苔佈滿的地上，擺一塊石頭，飄盪來去還可兀坐喘息。若有餘地，植一古松，盤根在我臂膀，閒時儘可吞吐周匝雲靄。

於是你忽地猛吸一口氣，感謝尚有餘裕歸劃你的安息之所。比起每日社會新聞不忍卒睹的意外：車禍終致腸破腹裂、行走忽被墜樓者壓到、失業妻離子散的引廢氣自殺種種觸目驚心，你尚有時間去揣摩、幻想那一刻要的是寧靜或壯麗。如果你信上帝，該合掌感謝；如果你恆信自己，你可以披髮行吟，歌嘯在河澤與山巔。

你張開眼睛，認真翻著農民曆，琢磨身後事以及所有黃道吉日與風水的意義，你忽然自沉睡中醒過來了。以前，你徒手寫字，看到字的式樣美；或者，徒手繪圖，見著韻律美；又或者，你光會吸取杯中之水，挾那碗中之菜。你不曾見那紙、桌與房子；也不見那杯盤與燈光。你將「心」鎖在家中保管箱，每日得意地東奔西盪，毫不知曉自己時時刻刻活在死亡之中。時間與生命從無分別。你的精神飽受那便秘之苦，只求那通便之樂。你從來安心縮殼於眼前物心中景，卻不曾抬起眼皮，奮力張望比遠方更遠的廣袤宇宙。那宇宙，有眼耳鼻舌身意，有光有影，有很痛的痛，最樂的樂。

你的耳朵像椿木上的靈芝，以高貴的姿態去聆聽馬勒與波濤，若有市集叫賣夜市喧嚷便掩耳疾行。你的舌頭，向精緻味美靠攏，蔬食湯底是老母雞，非有機超市不行。你用偏食的豆眼去馴化你的胃、肛門與生殖器。所謂文化社會國與國並非圖騰而是真實。你不知道凡物皆有存在的意義與道理。品嚐白開水時開始作無窮的騁思，並專心地觀覽細雨入泥。生命是動詞而不是名詞。

看到遊子，請把「枯藤老樹昏鴉，小橋流水人家，古道西風瘦馬」丟掉吧；看到桃花，請將「桃之夭夭，灼灼其華」丟棄吧。要忘掉陶淵明的菊花，忘掉范仲淹的碧雲天與黃葉地。你有你的小橋流水與紅樓夢魘。你可以讓你的心鼓動起來，勇敢起來，去遍嘗酸辛；或許你才可以說：那是甜苦或其它，所以急流切割的峽谷為美，疾風暴雨為美，摧枯拉朽也是美。

以死為立足點的活，你如是想，如是行走坐臥。

你大聲笑，也放聲哭。你不再因自己氣喘如牛而慚赧。你病的是身體而非心靈。或許人皆有此病有彼痛，只是你不曉得他、他不知道你罷了。

人生未完，因物物皆美。

你在人間，也在天堂。

——全國醫護文學獎散文組首獎。
二〇〇八年十一月

智者之屋——神遊林語堂故居

房屋是父親自己設計的，沿著大道有一堵白色的圍牆，中間有一扇紅色的大門，踱過精緻的小花園，穿過雕花的鐵門，是一個小院子，周圍有螺旋圓柱，頂著迴廊。院子中有樹，有一個小魚池，右邊是書房，左邊是臥室，中間是客廳飯廳，陽台面對綠色的山景。房屋下是斜坡，走下去便是草地，種菜種花養雞。

——林太乙《林語堂傳》

從前的陽明山士林區永福里，現在稱為仰德大道，林語堂故居即座落在此。房子是林語堂於民國五十五年親手設計，這是一間充滿十年回憶與紀念的建築。白色牆面藍色琉璃屋瓦，融入脈脈群山中，似乎隨著大地有節奏地呼吸吐納。上海樓房的設計下，有屋外遠山悠悠，白雲飄合聚散，居中綰合的是四合院的呈現。院落中竹、楓、藤蘿等植物，翠蕨則參差圍繞，還有寫意盆栽下的一方池塘，映照旁邊的奇石，兩兩襯托，相映生輝。

林語堂常常坐在大理石椅上，覷著來的來，去的去，口中叨著煙斗思索人生風景，正是「乾坤容我靜，名利任人忙」。數十年寒暑，悲歡離合總無情，看盡世事，不如擁有心的歸鄉。流光彈指飛逝，在山深世隔處，青山綠水間，這位幽默大師憑藉眼前的小花小草，記憶春秋年華。

眼前西班牙式螺旋廊柱的造型，造型富有節奏感，並且借用圓栱透亮的天光，迴環往復地圈合成四方風景，與小園景緻同生同息。

一味之水，滋潤世間；池邊清涼沉思，似乎調伏了燥熱的心。楓葉婆娑，配置小品，使人雖在小天地，猶似置身大自然。動靜對比下，透天院中還借了清風明月，虛實相濟，意境超然，所以林語堂不由得對這裡發出讚嘆：「宅中有園，園中有屋，屋中有院，院中有樹，樹上有天，天上有月，不亦快哉」。

院中的樹，最引人注目的是翠竹叢聚，鄭板橋有〈竹石圖〉詩：「咬定青山不放鬆，立根原在破岩中；千磨萬擊還堅勁，任爾東西南北風」，竹身不但纖長飄逸，竹聲摩娑的韻律，更宛若天然之歌。鄭板橋又說：「竹也瘦，石也瘦，不講雄豪，只求纖秀，七十老人，尚留得少年氣候」，果然竹影歷歷，與石並置，充滿文秀古意。

故居裡每一處建築都反映林語堂的生命情趣和藝術修

養：有陽臺可遠眺山林、有歐風建築可飲食起居、有廊可劃分空間、移步換景，更有山池花木供直觀觸擊，遊覽其間，竟有微醺之感。以前在上海依定盤路四十三號A的花園洋房，林語堂的書房叫做「有不為齋」，在故居中亦有一間。並且他還曾經為文敘述二十一種「我不為」；又有〈言志篇〉說明九種「我想要」，其中關於書房工作與居家環境的企盼：

我要在樓下工作時，聽見樓上妻子言笑的聲音……我要一小塊園地，不要有遍鋪綠草，只要有泥土，可讓小孩搬磚弄瓦，澆花種菜，餵幾隻家禽。……

我要院中幾棵竹，幾棵梅花。我要夏天多雨冬天爽亮的天氣，可以看見極藍的青天。

林語堂將任何所要讀的圖書雜誌，用極自然的方法順性而讀，處處散成一落落，這是「不規則的美麗」。這種美麗，從上海複製到台北，跨越時空的藩籬，是思念的再現、是慰藉旅人的法寶。陽明山的山居歲月，宛如一個縮小的廈門或上海，有著安心的溫情。我們步履其間，嗅嗅聞聞那辛勤筆耕滿腦子玄想發明，懷抱著浪漫主義的可親長者的味道，不單感受他的快樂，也體會到他幸福盈繞的滿足。

回到室內，出現眼鏡、照片、煙斗、書法、著作、設計手稿、打字機與專利信函，充滿著老現代的優雅味道。茶香馥郁中，日復一日，那些舊日時光，既清晰又恍惚，看似遠了，卻又近了；一襲長衫的智者，似乎永遠手持煙斗，瀟灑微笑，向來者頷首，津津樂道那雋永幽默的一則則傳奇故事。

——《中國語文》五九六期，頁九七至九九。

二〇〇七年二月

絕頂日猶晴

——憶謙師

岱宗夫如何，齊魯青未了。造化鍾神秀，陰陽割昏曉。盪胸生層雲，決眥入歸鳥。會當凌絕頂，一覽眾山小。

杜甫欲登泰山絕頂而不可得，只有神遊冥搜；老師身在絕頂，爽朗脆溜的笑聲，與美景歡喜相見；大陸行旅，遼闊的空間常給予他開闊的精神巨大的支持。上課時，常提醒我們山河極大，勿自囿於眼界之寬；多多讀書，必可擴大生命尺寸的幅度。

人生在世，多少人虛虛假假，活在偽座標裡。老師不耐形式，關注生活的真實與品味。因此，語言爽快脆溜，幽默精采；做事行雲流水，乾淨俐落；透視人生，每每開放面對，會心一笑而已。

關於寫文章，老師曾說：「現在，終於可以寫寫可愛的小文章了。」前沿林語堂幽默文章，老師將新思維新感悟淋漓地表述在方塊文學裡。文章中，深奧繁雜掃除淨盡，不但簡單明澈，無贅言麗句，還援古道今，妙趣橫溢。每有新作，影印傳閱，師生擊節撫掌，快意無限。

老師喜愛豐子愷哲理與情韻並兼的漫畫散文，聽我當作研究對象，非常喜歡，常常留意相關書籍，提示寫作方向；也不畏我資質駑鈍，一口允諾當我的指導教授。有一次我參加修辭學國際會議，老師聆聽之後，提醒我要更有自信，還說珍藏的豐式小畫與書籍，俱可做為研究的參考。此時追敘，想到未及多向老師請益，內心慚惶不已。

老師孤夜獨書的身影，此刻雖暫時捻熄了案頭燈，但是文學之燈早已綿綿傳遞。在東吳外雙溪，埋藏的種子已然萌芽成長，與老師展開無盡止的對話……

——《中國語文》五八四期，頁四十五。

另收入《沈謙先生紀念文集》，頁一四九至一五〇。

二〇〇六年二月

沉默的啟示

小學時，參加全縣的演講比賽。前一天，家中怎麼也找不到一件整潔的制服，不是補丁就是脫線，只好穿一件比較不髒的衣服。到了學校，我不斷拉著衣服，想遮掩住胸前的污漬，沒想到，還是被老師發現，她氣道：「這麼髒怎麼上得了台？」回家後，我大聲問爸爸：「為什麼我的衣服都這麼破舊，別人的都是新的呢？」爸爸搖頭，餵媽媽喝稀飯，好似沒有聽到我講什麼。

畢業典禮舉行時，我代表畢業生致詞。心想：爸爸沒有空來參加畢業典禮。典禮開始，我坐在第一排，不自禁地回頭張望，致詞快結束時，想不到爸爸灰白的頭髮竟出現在擁擠的人群裡，霎時我喉頭哽咽，彷彿已說不出話來。回到家，我說：「我好像有看到你……」爸爸沉默著，過一會兒才說：「快放水，給弟弟洗澡。」

我結婚的時候，爸爸直說：「妳要趕快多吃東西，不然等一下會餓。」那一天，他的話比每一個人還多：「我這個女兒啊，從小不用我操心……」我才知道，原來爸爸也會說很多很多話。

——刊國語日報。

二〇〇六年八月九日

永懷吾師

台中市林森路上，飯擔店面依然大排長龍，顧客絡繹不絕。爌肉筍絲排骨湯的香味迎面撲鼻。我點了紅糟肉飯，揀個角落坐下，吃著吃著，儘管四周人聲鼎沸，但我卻喉頭緊澀，渾然不覺其味，因為，喜歡嚐這道美食的沈謙老師已離開我們了。

高大的身影，清瞿飄逸地緩緩踱向教室。老師上起課來，迴迴的眼神，微笑地注視我們。當我奉上一杯熱茶，茶香裊裊，輕嚐一口後，老師開口即妙語如珠，神氣飛舞，吐屬皆是心靈智慧的光輝與修辭的極高境界；下課後，燃起香煙，煙頭閃爍中看著遠處沉靜思索著。老師曾任中興大學中文系主任，我大學也就讀於此，雖然駐足時間有別，但老師總殷殷垂詢學校總總，對中部美食如數家珍：嚐菜，必自小菜嚐起，判然知其優劣；嚐魚，能品出冰凍時程、鮮度若干，每讓掌杓者心悅誠服。雖然這幾年受手痲所苦，老師並不常訴說不便，也沒有停止過關心學生，他樂與學生歡聚，而無大小之分。

課堂上，感於時間的變動不居，老師常說：「現在，終於可以隨心所欲，寫寫自己真正喜愛的小文章」。這幾年，雖然寓居中部，還是可以常常欣賞到老師的作品，讓我覺得並沒有離開老師太遠。今天，紅糟肉飯猶在，老師卻已不在；那幽默爽朗的神情，卻溫暖地烙印在我的心版上，永遠鮮明。

——《明道文藝》三六〇期，頁九六。

二〇〇六年三月

古文之美成宿昔

九十五年一月二十五日下午，雨絲紛紛，沉重的雲幕遮住「懷源廳」的天空，沈謙老師的告別式正進行，輓聯高懸，與老師的教學遺影形成傷感的對比。重視國文修辭的老師，每每字斟句酌，反覆推敲用字，其專注程度，不下於古代的「僧敲月下門」與「春風又綠江南岸」，這種傳統文人做學問的典型，難道只能見於夙昔？文學大師辭世的報導，在大眾傳播媒體追逐腥羶異色新聞之下篇幅不大，這是否反映文學空間愈來愈窄化，文化心靈愈來愈狹隘了？

現今做為載體的文字，隨著科技躍升瞬變，有了相當程度的轉化與簡化，異體字、別字、火星文字紛紛出籠；於是，專門蒐羅火星文的專書上市，呼籲記錄並研究新詞的呼聲也出現了。當群聲競起時，那些我們賴以自豪的優美文學文字已隨歷史腳步逡巡不進，或快或慢地消失，只留在國文教師的唇齒與中文系的課表中了。

國人的書展參觀人數、購書率、進入圖書館率逐年下滑，更遑論純文學類書籍。於是，人們理解知識（中文知識）、溝通情意、激發創意的基礎礦脈，相對出現縱向與水平的弱化，這對科技的發展，社會文化的傳承理解，人際的溝通，有無法預估的後果，即使我們目前還只是瞧到端倪，但是這些後遺症會慢慢顯現。

不薄今人愛古人，文學之美，漪哉美矣，不但可以解讀人生，也可以安頓人生。當我們迎接具實驗性現代感的中文時，也請莫忘優美文學傳統與大師的踽踽背影！

——中央日報。

二〇〇六年二月二十五日

從中興到光復

杵在圓環麵攤前，你似無意識地看老闆娘攪動長筷與撈網，丟入團麵濺起熱汁。點狀震起的水，淋漓地在空中涮起一道牽絲。炸醬烏烏碗中鳴，咽住一剮深色豆丁竹筍香菇，以小黃瓜絲與蔥綠混合黃稠香油，麵條極迅速躲入碗，溫度從百度降至四十，恰是入了口還能呼出熱氣。

你住得不遠，就在信義路底邊角一塊。紅磚矮牆圍繞出亭亭綠蔭，這村落皆是出自整型醫生之手——就是一個樣兒的意思。你自小巷頭伸長脖子張望，準看到巷底的老婆婆在大聲咆哮，對眼過去就是老公公自顧自的模樣，他自顧自地給常春藤結攀網，好整以暇又一絲不苟。野艾漫生在小整排平房中，暗灰色平房住宅有默契地排排站。路上沒有行人，野貓躡腳躍入噴漆的宿舍內。

在一陣氤氳熱麵氣攪拌的短暫暈眩中，你恍惚憶起中興新村。那時，在凌晨十二點五十分，顛倒的世界回正、一陣刺眼的亮光擊向雙眼，你平安誕生在中興醫院。孔醫師揩揩汗，將你舉向產床上疲軟的母親，而母親望你一眼，忙不迭地計算你手與腳的數目。幾天後，你好奇張望這四周，一株三百五十歲的茄冬樹載滿綠葉，蔭得眼睛裝也裝不下。環山一橋敞開雙臂，幾株野櫻斜插在橋頭旁。

七〇年代的中興新村，保留舊時日式民居風情。整齊的公家宿舍，門外栽著七里香綠籬，裡面則是竹紮藩籬。幾支竹竿端坐在廣大的庭院高處，荔枝龍眼蓮霧掩護下，破洞泛黃的衣衫在綠隙中顫顫飄搖。門口水龍頭，涮洗大小衣服，你的制服上繡著光華國小、中興國中、中興高中。你的球鞋與書包制服，全都是從兄姐處依序接收得來，上頭有許多遺墨與污漬。你不在乎這些，因為在這裡，大家都一個樣。一樣走路上學、一樣妹妹頭與一樣的中午便當菜脯蘿蔔乾。

在印刷般劃一的日子裡，兒童們群聚著跑來跑去，彷彿日子裡除了張口吃飯就是邁腿跑步。你們去省府資料館前廣場，拍手迎接省長的直昇機；你們到大門口的荷花池，抓那鳴叫不止的青蛙；你們在第一市場入口的早餐店，啃掉炭烤的燒餅芝麻粒；見土中有圓洞，汲水灌出一隻隻活蹦蹦的大蟋蟀；逕自到農林廳裡找父親要零錢租漫畫；在省府大樓前七點升國旗唱國歌時，你們嬉鬧亂走，被憲兵追趕到防空洞裡；又喜歡爬圍籬爬進梅園賞梅花鹿跌斷了腿。

某日風雨過去，自光華路玩耍到環山路，中興高中外的地下水道颱風暴漲，你的玩偶大頭蛙掉入湍急的水流，載浮載沉；水退去，你伸頭覷看水道，一雙黑黝黝的骨碌眼睛與你對望，是一隻蟑螂。你看著牠，牠的長鬚急速地驕傲揮舞，似乎充滿無窮的精力。一會兒，牠箕張著腳，快捷地飛奔離去。

頭腦暈眩時，你竟幻想自已是一隻昆蟲。兒時課後偷偷舀昂貴的奶粉，送進喉頭滿足地要掉淚；長大後，你怎麼也忘不了天搖地動的震災後，面對的全倒宿舍，第一餐吃的泡麵加蛋中，雜拌的驚恐淚水。你一下子長大二十歲，玩伴們全被地震偷了去。此時在信義路圓環你彷彿是覬覦那透香麵條的昆蟲，嘴裡唾液腺忍不住快速分泌，突然有位中年婦人指著蟑螂大叫，塑膠的人字拖鞋向牠當頭踩下，肥白汁液嗶啵響，盲目噴濺在地上。你靜靜覷著扁平的牠，肚子翻攪出酸液，混合甜麵醬豆瓣醬三合一味道。

遠處遊覽車揚塵而來，導遊拿著大聲公張嘴向車上旅客吆喝：「這是九二一地震園區，旁邊是光復新村，地震後，這裡的公家退休單位人員也幾乎搬遷走啦……」一位觀察挺仔細的內地陸客說：「還有人住這兒嗎？一開窗就是地震坍塌的模樣，有誰還住這裡？」你眼睛噙著淚珠，感動地好想對他點頭，發表你這八年來的心路天路歷程，那無限黑暗又離奇的深夜與黎明，被一輛救災車從中興新村載到光復新村臨時搭建的涼蓬下，住了一個月後，你終於想：住在哪兒有什麼差別呢？

住在光復新村，走在信義路上，你揉揉眼角，望著地震博物館透明玻璃內，那塑膠水瓶、泡麵與一箱箱瓦礫碎石。碎片倏地在眼底凝結，還原回中興新村光華路，一條拖曳常青的七里香花道旁，灰色的故居。多少個寒星孤懸的夜晚，你一人踽行，就著畫開的火柴棒，感受一剎那燦亮後的寂寞。燈火寂寥的不只是中興新村，光復新村的夜黑草長，讓你的暈眩症尚難痊癒。你像一隻蟑螂，但你怎麼樣也回不去好想返回的記憶甬道，那甜膩的、纏繞多姿中興高中圍牆青楓樹下地下水道。

二〇一〇年

慈顏

父親將長滿水泡的雙手，置入臉盆的涼水裡。「甲爽快，」他說。每到採茶製茶時節，家中都要準備好幾盆的冷水，讓他稍減手掌的疼痛。

從有記憶以來，後院山坡，遍植著茶樹。茶樹愈種愈廣，父親手痛的日子愈來愈長，冷水臉盆愈備愈多。父親在院子的大鍋殺青，雙手的指縫都染成綠色，再將茶葉放在竹筐裡，不斷地搓揉。這晚，臂膀麻痺得筷子挾不起青菜。所以小時候，對於上門買茶的客人，懷有莫名的敵意：就是你們，讓阿爸這麼辛苦啊。

今年年初，我失去了工作，不得不回到老家。或許是鬱結難解，竟然生起免疫疾病，全身無法使力。白天，默默穿過在門前努力工作、汗水涔涔的父親，到附近的山裡行走。走累了，坐在刺桐樹下，掩著一叢芒草，不自禁流下淚水，想著羞恥的自己：好手好腳啊，竟是這麼不堪。連想幫忙父親，都做不到……

慢步走回房間，關起門，天地只剩這點大，我將時鐘都丟進抽屜。突然傳來喀喀的敲門聲，我慌亂地熄了煙，打開門，粗聲粗氣地問父親：「叫你免吵我！」父親望著我身後，拿出一本書：「你看這冊，甲夥看。」是星雲大師的「般若心經的生活觀」。我退回房裡，拿著書本搧去空中的煙圈。

人生真沉重啊。曾經想做個公務員，怎麼也考不上公家考試，因為那些艱難的試題像伸長三頭六臂的怪物，將我單純的頭顱緊緊箍住。也曾經在水族館工作，不小心調錯溫度計，死了幾條價值昂貴的紅龍之後，被老闆炒魷魚。那之後，我好像就變成了水族缸裡生病的七彩神仙魚：肚子扁扁的，眼睛濁白地挺著斜斜的身體漫無目地游啊游。不知道該游到哪裡，目的地是什麼地方？如果魚會流淚，恐怕我的淚水都滿溢出水缸了吧。

有句話曾說：各有因緣莫羨人，我疑惑的是：因緣是什麼呢？父親採收八十斤的鮮葉，只能做出二十斤茶葉。如今只能說是稍有收益，如果碰到風災水患，還可能血本無歸。那麼，為什麼不騰空雙手，去做觀光客的生意呢？連山裡的竹筍長高之後可以竹編成椅給人乘坐，像我這樣手無縛雞之力的人，在天地間豈不是多餘的呢？

一早，父親又到茶園巡茶。閒得發慌，打開這本書，第十二頁的這段話，映入我的眼簾：「《般若心經》是為觀世音菩薩所述修行般若的心法概要……或者『去一分無明，證一分法身』，或者『直指本心，見性成佛』，或漸或頓，依此真修實證。人生在苦海中的航行，就有了般若做為燈塔的指引，終能解脫成佛」，突然覺得有了依靠的感覺。手翻閱的動作加快，不知不覺看到午後，也不覺得疲倦。

歷經春夏秋冬的節氣循環，茶樹領略天地之氣站定在大地上。我終於恢復氣力，可以跟隨父親巡視茶園。波動的心境回向清晨露水而散去，想到書中說過：「眾緣和合是實相」，原來每一棵茶樹有它穿出地氣、破土成長的位置，它們是由陽光、霧氣、水、土地等和合而成，成長成婆娑枝葉。「心經」說：「無無明，亦無無明盡。」那些無明的外在影響，是我們用分別心看到的障礙，若能觀照並且肯定人人皆有真實自性，不同物體有其存在的意義與價值，人生是無處不自在的啊。星雲大師說：「所謂『觀自在』，能有自己的自在，不需要別人給予自在。」佛法原來不難，它是在教我看到自己的位置和面目啊。

當客人徐徐將茶葉投入壺中，這一勺，是父親日以繼夜揉捻的新綠；那一撮，是泥土與霧氣交相潤澤的成果。最好的茶，留給了客人。我們則喝陶碗茶：一個大鐵壺投入大把茶葉，父親倒入缺口的碗中，要我喝下：「嘖嘖，揪感心，上天給我們這樣好的茶園，給我們甲飽，生活夠用，甲厚。」他臉上的皺紋變得不明顯，似乎變年輕了。「客人歡喜喝，我們歡喜做。」他望著前方的山陵，大片烏雲突襲而至，覆滿山頭與林木，鳥雀急鳴，瞬間，大雨滂沱射下雨箭入地。

父親喜歡看書，喜歡看星雲大師用平易的語言解說深奧佛法的書。夜晚看書的父親，粗糙的雙手捏著下頷花白的鬍子，小心翼翼地翻著書頁。白天勞務的父親，以手代鏟，親手插入熱燙的鍋裡，溫柔地翻動葉片。「手工，做起來就是不一樣。」他笑笑說，汗水濡溼了汗衫。「哇甲意手來做事，甲意看泥土長出東西，卡實在。」說著，連褲子都汗濕了。

我靜靜坐在籐椅上，看著雲朵拍打捲曲的山，狂風在林木間咳嗽，芒草瑟縮在泥地懷裡。漸漸地，感覺到內心沉靜祥和，像茶菁的甘甜芬芳。每天閱讀星雲大師的智慧法語，像面對面藉佛法薰習障蔽的心；也像一把茶刷，刷洗著壺壁的塵垢。我是一枚小小的茶籽，在生活道場中初初領受佛法的感應。人生的迢迢道路，應該像書中提示的，要好好繼承既有的因緣，開展未來的福田，以自己的方式來讚嘆人生。星雲大師說：「只要安住在平等的真心裡，儘管人間有種種營求、萬般波濤，你也能『度一切苦厄』。」大師傳承「心經」的精神典範，啟發我省視生活生命，讓我重新獲得一種從未有的平和心靈狀態。

父親將茶湯注入陶碗，甘香飄逸在茶几的書本上。「這款天氣，像我們的人生，」父親定定地看著天，「有時太陽，有時落雨。」忽然，他笑了：「看山那頭，亮光光，等一下又是出太陽。」

——慈顏（原名〈心經．茶香〉），「人間福報、有鹿文化」國際徵文獎第一名。

二〇一一年二月

一滴墨雲腳

從獸骨龜甲的時光隧道走來，刀筆鐫刻的軌跡脈脈刻劃道不盡的心圖。水注緩緩滴入硯台，你自墨床上舉起墨條，指腹與腕力齊發，均勻在硯石上律動：一圈又一圈。隨著規律的呼吸與節奏，指節伸展的同時也伸展了心靈。靜靜凝視自己、聆聽自己，感官已神秘地開啟。

案頭上，「枯蘭復花賦」擺放月餘，你的手就是不動，不擎起毛筆。眼觀鼻，鼻觀心，心觀呼吸，只拿雙眼盯著帖瞧。寫字，是動的禪，每一筆劃都導引和身體進行深密的對話。寫禪一味，味味一味。不止寫在紙上，也同時寫在無可言詮的心版上，那說不出口的字蘊有深密的禪味。用一絲絲筋肉酸楚去除一分前日的僵硬。兀然靜坐，召喚你的靈魂，或許哪天心領神會之時，可入手臨摹……

悠悠思及，湖北江陵鳳凰山下挖掘出的漢墓，其中收藏的兩方硯，是至今為止最早的硯台。數千年來，手磨推墨不但是凝聚斂思之時，也是生命流動之處。

你坐在此源頭處，你的心哪兒都不去。水滴以濕潤與硯唇齒相接，口沿涎涎，緩緩咬入內凹的淺腹。舉起墨條，擋住黑水的流動。劃圓大小均一的圓，水汪成一片幽色。硯堂上端有仰蓮兩朵，在洶湧水紋中巍巍綻放。硯台初生時，是夏冬秋春的溪水日夜擊打後，龍尾山或洮河的岩層裡，挑揀出的永恆礦石？還是經過大荒山無稽崖的天異地變後，米芾膜拜千年的頑石？你不時以肌膚去瑩潤，用水來冰鎮，吹氣去滋養它，彷彿它活了千年之久，活生生與你一起廝磨。

窗外，青山塊然而立。晨起，你拉開窗簾與之對望，來開啟每一天。撿拾窗臺吹落老葉、漫長枝蒂，使之與青山同一色。在寂枯的歲月，山如母親撫慰你。繼而清掃室內，素心蕭然，不雜它想。將綠茶置入破損青花瓷，沸水沖碗，翠濤白沫載浮載陳，撮泡即飲，毫不管茶水珍鮮馥烈與否。北宋書法家蔡襄《茶錄》一書，小楷細細寫就烹點建安茶的方法。書中寫道：「善別茶者，正如相工之瞟人氣色也，隱然察之於內」，是茶察一味；你的隨興，恐怕蔡襄要搖頭。

墨條激色，這松煙墨得自古梅堂。它收攝裊裊上昇的松枝香，擷菜籽油煤灰之精粹，混合成動物膠烏色胎體，搓揉成塊狀，輔以蛤蜊殼拋光，著色後墨條凝重而堅。扣聲沉著入木，勾引養眼目光。且看它上頭的雪濤篆雲，小石冷泉，生動得要濺出來。難怪蘇東坡要自己製墨，製墨過程就是一場精彩耳鬢絲摩的交會。難怪弘一法師弟子劉質平為法師磨墨時，一手持經，另一手磨墨。磨時不可用力，徐緩圓形波動，全幅精神貫注在讀經上。墨濃時，經亦讀畢。你觀覽法師的字，果然每一個字裡有佛味，每一筆劃裡有千秋。

執筆書寫時，毛筆在紙上的律動總讓你驚剎連連。施力部位、腕力輕重、落筆方向，俱被一管筆拖曳著。向西它便向西，向東它便向東，如同狐狸黃鼠狼駿馬山羊重又復生。沾墨後，筆頭賊光閃閃，恍若烏金釉，視覺效果甜好飽潤。自長沙左家中山戰國筆開始，它獻出每一無法罷休的筆劃，讓你和它結合為一。動物的毛髮與植物的纖維細細摩擦，綿綿的聲音好似自然界的密碼。你仔細傾聽，彷彿以後再難聽到的姿態：豎起雙耳、張大雙眼。你逡巡方寸尺幅，宣紙經擊拂產生的黑色詩詞，共生後瞬間成了永恆。

接著，你取一條抽痰管，打開了抽痰機。機器卜卜作響，猶如喚你的名字。你將管子伸入七號氣切口，汲取昨夜的痰液。悶黃的濃液偶雜著甜紅的血色，你千錘百鍊卻又無謂似地，將汁液移入機器洗濯。呼吸稍順暢，你的心思活轉了起來。如果說：書法是類似繪畫、舞蹈、音樂節奏的藝術，那麼，抽痰的節奏音效其實也體現書法的律動感啊。猶記得忘了裝人工鼻子，氣切口吸入一撮頭髮，肺炎急診；吐出漱口水時，嘴巴吐水、氣切管口吐痰，雙口齊出如瀑；咳嗽時，痰液以迅雷不及掩耳的速度自管口噴濺，附著在牆壁飯碗或紙上……除了這些幽默時刻外，氣切口可說是秘密的伴侶，或是洞見的入口。

每一位書家終其一生都在追尋點畫之間最稱手的紙。東漢時發明的紙，將刀刻竹簡的僵滯點化使轉成書寫時的圓轉如意。在白鷺鷥群聚的九九峰巒的埔里鎮，有手工傳統抄紙者。從古早的稻穀、麥桿與桑樹皮一路走來，造紙人搓揉著紙，即能辨析吃墨程度、適用與否。你擁有幾匹普通的宣紙，隨時光遞衍，也略有些水漬痕，邊緣亦稍稍褪色，頹黃中收藏你的呼吸與血脈，是你隱隱的心跡。

自從得了紅斑性狼瘡以來，長期服用類固醇，你原本細細瘦弱的身材，變為圓厚雄渾，頗類吳昌碩臨石鼓文。從均衡到沉圓，自收束到伸展，你頗能體察字形變化奧妙。若沒有文字，你的身形將更沉落。點畫間，你照見自己的癡貪燥枯，總想彈指間書藝大進，揮灑自若之類。你終究如同大海蜉蝣，莽進之間進了魚蝦腹，衝撞許久才瞭解：不退是進，心鬆才是定。當你消去對世間虛幻名謂稱號的對待，當你隨時安然接納各種同情眼光議論臉色時，當你通過手頭碑帖而試作各體自由變化後，你方才略悟那心中的沉味，那片清歡自在的真味。

望著眼前文房四寶，你不覺微笑起來。中國漫畫界大師豐子愷，晚年最上手的工具，是一九四八年到臺灣遊覽所購置的小學生硯墨。書寫的主體在心，用具這客體足可廢矣。所以，讓螺溪硯回到濁水溪的滾滾溪水畔，讓墨條回到闃靜的山林，讓宣紙回到飛雪下的青樹，讓毛筆回到狐馬的溫暖依附裡。那些世間的欣喜哭泣眷戀激情，全部留給字跡的盡頭留白處，讓有心人去尋思奧妙，有緣人去覺察餘韻。

現在你的舌頭彷彿只是表演擺放在口內而已，依附的味覺漸漸喪失。以往你舌尖從不執著，平和中正的調味人生食材。如今得病以來，舌苔積深，嚐每一道食物均如同嚼蠟。所謂吃食的層次感、麻痺感、刺激感均無，因此可免除油炸糖醋紅燒之勞、酸甜苦辣分辨之苦。你將碗中飯菜齊撥入口唇，赤裸接觸數十秒後，旋即讓胃腸去擔負責任。所謂無味之味，或是味外之味，你最瞭然。

你曾日日領受書法的靜好：它凝練你的呼吸，收攝你跑馬的念頭。你感恩紙墨硯筆：為供你的靜心書寫，它們濯自水中、投入火裡，燒搗共舞後融合歸一。

而今你已經沒有辦法藉由鼻子呼吸，因那腫瘤如葡萄般堵塞你的氣管。你用脖子的洞來讓氣流通過，於是你原本感知的深遠氣息一變為塑膠管的怪味；你嗅聞的葉花紅綠，變為流洩出的黃白痰液；你再難想像紫雲巖的裊裊香爐，承載馨香的祝願是什麼味道？於是，油煙與香水齊一，牛皮糙紙與老墨也開始齊物論。

紅斑性狼瘡很快地發揮影響力，它狠狠地攻擊你的氣管後，轉移到皮膚與關節。臉上雙頰有莊周紅蝶翩翩飛。你變得極怕光，連在室內都得穿著長袖衣服。你的關節除了叢生的結節外，又腫又痛又時而無力。針尖刺穿骨骼的錐心，在夜間猶不放過你。昨夜你不是作夢了嗎？夢中你完好如初：能說話、能呼吸、可嗅聞可品味，雙手可舉物，臉頰還瑩潤似玉……醒來領悟絢麗的色彩的相反是黑白淡墨，此中無非是顛倒夢想。想哭，心裡想哭，腦海裡有淚痕，但你擠不出一滴淚。因為你全身乾燥至無水無淚。於是，水龍頭下沖洗是你最開懷的時刻。或許水聲嗚咽，那恍惚是你心中無形的珠淚，幽幽落在無何有之鄉。

你用力，終於得以舉起毛筆，氣喘噓噓猶如舉千鈞重的石敢當。點墨顫動滴在宣紙上，凝聚的黑色，酣暢淋漓如枯蘭又復花開。那漲墨，瞬間又似永恆地散逸在廣袤的純白上，好似即將出發至他方。你忽然感覺到：春泥細細入土的聲音，夏蟬連綿的嗚嗚；你開始感知：蓮蓬在風中舞擺，魚藻在水波中轉折，拍拍滿懷都是生機。自費勁移動的書法字，你領悟出書家張弛迎讓的情致；你看到墨色開始心跳，宣紙律動地呼吸，墨跡溫暖地纏繞著纖維，而心靈與大美朝著同一方向進行，兩者無言的共鳴著。

——聯合報文學獎散文決審入選。

二〇一〇年十月

詩

油桐花

優雅地告別枝頭
一朵朵
無動力狀態
脫力

旋轉的風
張口含住
蜜似的人生

二〇一〇年

失業

猶如
水族缸中扁平的七彩
斜側身體
上下飄動
牠已經兩星期沒有飼料

你比牠好一點
每天吃一餐
其餘是
保溫瓶一〇〇度置入泡麵
路旁的咸豐草嫩葉丟入
泡一點鹽巴
七分鐘
只要七分鐘
旋轉
打開蓋子
熱呼呼

噴汁泡麵
幸福啊
你在心底吶喊
愈來愈多失望的日子後
你漸漸變成蛋黃
透著隔膜看著世界
濁的蛋白
保護著你
而你幻想撐破殼瞬間聲音的華美

你總想
世界會看顧你

在你僵化
羽化
物化
之前
然而
你終究如一顆黑豆
泡水三天三夜芽不出來的棄豆
水盆裡
你載浮載沉

一天比一天黑
所幸也沒有人看得出來

只要記得
出門要披件外套
鞋子要上光
你還是一樣到高鐵站去吹冷氣
嚼著速食店剩盤中的薯條

斜著身體飄游的七彩神仙魚
不知何時
熱爆
爆熱
乾炸

爆炸成河豚
碎片如刺眼的星星

——《笠詩刊》二七四期，頁七八至七九。
二〇〇九年十二月十五日

雲之翼

入口石碑上刻著忠貞新村
小小身影背著書包晃來晃去
整齊如豆腐干的房舍下
你一路打招呼回家

苔隱的院落裡
舉目遙望天空
你總幻想
自己化身為噴射飛機飛過的白色氣旋
或是
剪裁天際的一隻雁鳥

於是你埋首
是村中最早亮起的孤燈
是村中最後捻息的紫光
一落又一落的書堆中

你斷句十三經
眉批四書集注
用測不準定理描繪空間
就像每一片葉子會尋找陽光

人馬座躍起拉緊弓弦
一箭劃開夢魘的寰宇
一根火柴噴濺火花
溫暖僵硬與吝嗇
你願是人馬座、火柴
甚而願是一朵雲中的結冰核
俯身偷走大氣中的渾沌汙濁

洗浴大地
陽光熱辣的夏日午後
多年後
冰冷的夢想裝上熾熱的翅膀
你換裝
那喚作飛官的名
載你　飛過碧海青天
你是風的羽翼
天空的赤子

俯身下望
彷彿見到

忠貞新村入口處
父母微小的身影
巨大起來
倏地
燦亮的衣襟奪去你臉龐鹹甜的汗珠

——全國眷村文學獎新詩獎，
收入《眷村憶往藝文集》，頁二七七至二七九。
二〇〇八年十二月

一枚小田螺

一枚小小田螺
我呼的氣息通過你
我吸的氣流拂過你
以汁液灌溉
以氧氣豢養
一枚小田螺

肉溝裡緩緩生成

你翻身
你蜷伏
輕一點
別惹我喉嚨痛
痛

一枚小小田螺
內視鏡以三六〇度迴旋你以亮光
瓶中切片瑩潤你似美玉
你是一枚小小田螺

住在我的氣管尖端
像我小時候
水田溝渠鉛色泥巴水中
撈你包覆在我手掌
緊緊相偎

每日我們偷偷私語
微小田螺屬於我
不屬於別人　以及
漠然同情悲憫嘴角的弧度
張口　我好想好想

將你

輕輕吐出

幻想　冉冉白蓮昇起

——二〇〇七年全國醫護文學獎新詩第二名。

二〇〇七年十二月

我住中興新村

狂風捲起炙熱歡喊
優美下降的直昇機
急遽收縮在瞳孔底層
省主席來了省主席來了
啊我什麼都看不到
穿出男人女人褲管甬道

巴巴地被一雙簇新黑鞋
刺痛眼角

一棵樹
在消房隊員宿舍前
站成了永恆的姿態
莖幹攫飽綠葉
奮力朝向南方
傳說是前副總統親手栽種
以他柔軟馥厚的雙掌
慈愛地撫摸每一個遊客的合照
梅園的鹿

踢著輕快的步伐如同每日五點整衛兵交接
國歌聲裡
人們立著　立著
哪管鴛鴦交頸合鳴
紅灩灩的梅果
無語地咽在池裡肥胖鯉魚嘴裡

省政資料館
螢幕出現梅花梅花滿天下
小學生泛黃的衣領
浸在滾燙的淚海
而林青霞已邊滾邊爬過四行倉庫

排排站在台灣省政府五個烏亮的大字下
與省主席的合照
拂過塵埃的手雖已乾癟斑皺
照片的人依然濺出幸福笑靨
模糊雙翳

麕集衣裝筆挺的燦爛
中山裝浸著陽光
各處室間各市場裡光華光榮光復國小穿梭去來
你飲一口烏梅汁到中興會堂的操場上酸著牙
中興高中的校歌飄過
苔蘚般歐洲的平房

整齊的庭院
劃一的口音
整齊的退隱
劃一的闃靜

我住在中興新村
光華路
XX號
如果沒有九二一
及　其他

——《明道文藝》三七八期，頁八七至九〇。
二〇〇七年九月

詠梅川

阿勃勒婆娑曳擺
濺出滿眼的金黃

一隻白頭翁笑了
嘎嘎騰起
自小徑肚腹

錯落石塊推舉著一坡坡青柳
蟬噪如漏斗
每秒滴落川流不息

風吹木亭
敲響美術館的耳

蝴蝶　游魚　飛鳶
渴飲梅川的水塘
潘玉良的仕女忽婀娜起
而蓮葉如鐘

——台中市第一屆梅川文學獎詩獎。
二〇〇六年七月

預知飛翔紀事

行進與猛醒之際
你將瞭解

素描於風的羽翼
將湛藍的天空金黃的
太陽

剪出一對對
堅毅的翼

——朝陽科技大學校園鐫刻新詩碑文。

語言文學類　PG0571

流光似水
——張俐雯詩文集

作　　者／張俐雯
責任編輯／林千惠
圖文排版／陳宛鈴
封面設計／王嵩賀

發 行 人／宋政坤
法律顧問／毛國樑　律師
印製出版／秀威資訊科技股份有限公司
114台北市內湖區瑞光路76巷65號1樓
電話：+886-2-2796-3638　傳真：+886-2-2796-1377
http://www.showwe.com.tw
劃撥帳號／19563868　戶名：秀威資訊科技股份有限公司
讀者服務信箱：service@showwe.com.tw
展售門市／國家書店（松江門市）
104台北市中山區松江路209號1樓
電話：+886-2-2518-0207　傳真：+886-2-2518-0778
網路訂購／秀威網路書店：http://www.bodbooks.com.tw
國家網路書店：http://www.govbooks.com.tw
圖書經銷／紅螞蟻圖書有限公司
114台北市內湖區舊宗路二段121巷28、32號4樓
電話：+886-2-2795-3656　傳真：+886-2-2795-4100

2011年6月BOD一版
定價：240元

國家圖書館出版品預行編目

流光似水——張俐雯詩文集 / 張俐雯作.-- 一版.
-- 臺北市 : 秀威資訊科技, 2011.06
面； 公分. -- (語言文學類 ; PG0571)
BOD版
ISBN 978-986-221-760-3(平裝)

863.74 100008873

讀者回函卡

感謝您購買本書，為提升服務品質，請填妥以下資料，將讀者回函卡直接寄回或傳真本公司，收到您的寶貴意見後，我們會收藏記錄及檢討，謝謝！

如您需要了解本公司最新出版書目、購書優惠或企劃活動，歡迎您上網查詢或下載相關資料：http:// www.showwe.com.tw

您購買的書名：________________________________

出生日期：________年________月________日

學歷：□高中（含）以下　□大專　□研究所（含）以上

職業：□製造業　□金融業　□資訊業　□軍警　□傳播業　□自由業

□服務業　□公務員　□教職　□學生　□家管　□其它______

購書地點：□網路書店　□實體書店　□書展　□郵購　□贈閱　□其他

您從何得知本書的消息？

□網路書店　□實體書店　□網路搜尋　□電子報　□書訊　□雜誌

□傳播媒體　□親友推薦　□網站推薦　□部落格　□其他__________

您對本書的評價：（請填代號　1.非常滿意　2.滿意　3.尚可　4.再改進）

封面設計____　版面編排____　內容____　文／譯筆____　價格____

讀完書後您覺得：

□很有收穫　□有收穫　□收穫不多　□沒收穫

對我們的建議：________________________________

____

____

____

請貼
郵票

11466
台北市內湖區瑞光路 76 巷 65 號 1 樓
秀威資訊科技股份有限公司 收
BOD 數位出版事業部

(請沿線對折寄回，謝謝！)

姓　名：＿＿＿＿＿＿＿＿　年齡：＿＿＿＿　性別：□女　□男

郵遞區號：□□□□□

地　址：＿＿＿＿＿＿＿＿＿＿＿＿＿＿＿＿＿＿

聯絡電話：(日) ＿＿＿＿＿＿＿＿ (夜) ＿＿＿＿＿＿＿＿

E-mail：＿＿＿＿＿＿＿＿＿＿＿＿＿＿＿＿＿＿